Luna –
zum Verwechseln ähnlich

Der eigene Hund macht keinen Lärm,
er bellt nur.

Kurt Tucholsky

Luna – zum Verwechseln ähnlich

Heitere Hunde-
geschichten

benno

Bibliografische Information der Deutschen Nationalbibliothek
Die Deutsche Nationalbibliothek verzeichnet diese Publikation in der Deutschen Nationalbibliografie; detaillierte bibliografische Daten sind im Internet unter http://dnb.d-nb.de abrufbar.

Besuchen Sie uns im Internet:
www.st-benno.de

Gern informieren wir Sie unverbindlich und aktuell auch
in unserem Newsletter zum Verlagsprogramm,
zu Neuerscheinungen und Aktionen.
Einfach anmelden unter www.st-benno.de.

ISBN 978-3-7462-6099-0

Zusammenstellung: Volker Bauch, Gößnitz
Umschlaggestaltung: Rungwerth Design, Düsseldorf
Covermotiv: © Herky Photography/Shutterstock
Gesamtherstellung: Kontext, Dresden (A)

Inhalt

Luna – zum Verwechseln ähnlich

Mehr als sechs Monate freute Saskia sich schon auf das bevorstehende Wochenende, am Samstag war es endlich so weit, sie fuhr zum Treffen der Hundefreude der Cavalier King Charles Spaniel. Seit gut einem Jahr war Saskia stolze Besitzerin von Luna, einer bezaubernden kleinen Cavalier King Charles Spanielhündin. Und jeden Tag entdeckte Saskia immer noch neue Eigenheiten an diesem kleinen Wirbelwind, die ihn noch besonderer machten. Deshalb freute sie sich sehr darauf, Gleichgesinnte kennenzulernen, denn so häufig war die Hunderasse noch nicht anzutreffen, zumindest kannte Saskia niemanden, der auch einen King Charles hatte. Es war fast schon eine Fügung des Schicksals, dass eines dieser Treffen auch einmal fast in ihrer Nähe stattfand. Die Dübener Heide war auch eine gute Stunde entfernt, aber Saskia, die nicht gern Auto und schon gar nicht auf einer Autobahn fuhr, kannte den Weg ziemlich gut. Ihre Schwiegereltern besaßen ganz in der Nähe des Veranstaltungsortes ein Wochenendgrundstück. Deshalb traute sich Saskia den Weg auch allein gut zu. Ihr Mann Robert würde nicht mitkommen. Er wollte das Wochenende nutzen, um mit seinen Blechbläserfreunden ein paar neue Musikstücke zu proben, dafür brauchte

er das Haus für sich allein. Das passte Saskia gut, sie mochte sein Spiel, die Proben aber eher weniger. Und für Lunas empfindliche Ohren waren die Blechbläser ohnehin viel zu laut.
Als Schulsekretärin war Saskia gut organisiert und so hatte sie auch dieses Mal alles bis ins kleinste Detail durchgeplant. Zusammengepackt hatte sie auch schon alles, nicht nur für sich, sondern vor allem auch für Luna. Kaum zu glauben, dass Hundezubehör für eine kleine Spaniel-Dame eine ganze Reisetasche füllen konnte, aber Futter, Futternäpfe und Spielzeug wollten eben verstaut sein.
Sie stopfte gerade das letzte Spielzeug, eine grüne Stoffschildkröte, in die Tasche, als Luna fröhlich angesprungen kam und es sich auf ihren Füßen bequem machte, ganz so, als wolle sie sichergehen, dass die Reise nicht ohne sie stattfand.
„Ja, du kommst auch mit, bist schließlich so was wie die Hauptperson.“ Luna lechzte nicht nur nach ein paar Streicheleinheiten, sondern gab dann auch das eindeutige Zeichen, dass sie vor die Tür wollte, indem sie ihrem Frauchen geschickt entwischte und mit der Leine im Maul zurückkam und diese direkt vor Saskia ablegte.
„Die hat uns so was von im Griff“, grinste Robert, der das Treiben vom Sofa aus beobachtete.
„Noch einmal schlafen“, raunte Saskia Luna ins Ohr, als sie sie anleinte. Manchmal fragte sie sich,

ob eigentlich alle Hundebesitzer mit ihren Tieren redeten, aber eigentlich glaubte sie fest daran.
Am nächsten Morgen übertrug sich die Aufbruchsstimmung auf Luna, die Saskia und ihrem Mann wie aufgezogen um die Füße wirbelte. Robert hatte einen kleinen Proviantkorb gepackt und verstaute diesen im Auto, während Saskia noch das Navigationsgerät programmierte.
„Viel Spaß bei deinem Probenmarathon", verabschiedete sie sich von Robert und winkte ihm zum Abschied zu. Als sie die Stadtgrenze hinter sich ließ und auf die Bundesstraße Richtung Bad Düben fuhr, hatte sich Luna längst zum Dösen niedergelassen. Die Hundebox stand gut verzurrt auf dem Rücksitz und Saskia nutzte jede Gelegenheit, in den Rückspiegel zu schauen und sie so im Blick zu behalten. Luna war ihr erster Hund und sie hatte sich ganz bewusst für diese Rasse entschieden. Cavalier King Charles Spaniel waren keine Allerweltshunde und Saskia war durch eine Reportage auf die süßen Vierbeiner aufmerksam geworden. Ihr gefielen die geschmeidige Form und das weiche Fell, aber vor allem natürlich die süßen Schlappohren und die immer treu-verständnisvoll blickenden dunklen Knopfaugen. Wenn Luna den Kopf schräg legte und sie anschaute, war Saskia fast schon davon überzeugt, dass sie jedes Wort verstand. Aber das glaubten vermutlich alle Tierbesitzer.

Das Navigationsgerät hatte recht – Saskia brauchte nur knapp eine Stunde für den Weg. Das Gelände des alten Bauernhofes war schnell gefunden, denn die findigen Organisatoren hatten bereits an der ersten Kreuzung, an der Saskia von der Bundesstraße abfuhr, Orientierungsschilder angebracht. Als sie wenig später auf dem ungefähr halb vollen Parkplatz den Motor abstellte, hob Luna neugierig das Köpfchen. Voller Vorfreude stieg Saskia aus dem Wagen und leinte Luna an. Der Bauernhof lag am Rande eines kleinen Wäldchens. Ob das so optimal war, wusste Saskia nicht. Was sie aber ganz sicher wusste, das war, dass dann und wann das Jagdhundeerbe in Luna durchschlug und sie kaum zu bremsen war, wenn sie Mäuse oder Hasen erspähte. Dann wollte sie los und Beute machen. Wenn ihre Artgenossen genauso drauf waren, konnte das ziemlich anstrengend werden. Andererseits hatten die Organisatoren damit sicher Erfahrung, also beschloss sie, sich nicht allzu viele Gedanken zu machen. Vom Parkplatz waren es nur wenige Hundert Meter bis zum Veranstaltungsgelände. An einem kleinen Wärterhäuschen ließ sie ihren Namen in der Liste abhaken und bekam ein Bändchen ausgehändigt. „Für Sie!“, strahlte die grauhaarige Dame sie an. „Nicht für den Hund. Wir haben hier schon so manches erlebt!“

Schon von Weitem sah Saskia viele Hunde herumtollen und ihre Befürchtungen zerstreuten sich vollständig, als sie sah, dass man das Areal, auf dem die Hunde frei herumliefen, mit kleinen Zäunen abgesperrt hatte. Es wirkte wie eine riesige Hundewiese mit einigen Sträuchern und Büschen in der Mitte. Die Hunde dort sahen alle so aus, als hätten sie richtig Spaß. Sie tollten herum, beschnupperten und balgten sich, während die Besitzer allein oder in kleinen Grüppchen verteilt am Rand standen. Es waren wirklich alles King Charles Spaniel, staunte Saskia. So viele Hunde dieser Rasse hatte sie noch nie auf einmal gesehen. Auch Luna schien etwas eingeschüchtert zu sein angesichts der Vielzahl ihrer Artgenossen. Sehr aufmerksam beobachtete sie das Treiben, bleib dabei aber immer schön in Saskias Nähe.
Eine junge Frau kam näher, an der Leine einen wunderschönen Rüden. „Das ist unser Max“, stellte sie den Vierbeiner vor. „Das ist Luna“, sagte Saskia und hatte Mühe, diese auf Abstand zu halten. Max interessierte sich mindestens genauso für Luna wie sie sich für ihn. „Er ist kastriert, keine Panik“, raunte die Frau ihr zu. Die beiden Hunde beschnüffelten sich ein bisschen, dann verlor Luna das Interesse und Saskia und sie zogen weiter. Vor allem Luna zog, und zwar an der Leine immer in Richtung Hundewiese. Was sie wollte, lag auf der Hand:

ohne Leine herumrennen, zu den anderen Hunden laufen, mitschnüffeln und mitspielen. Dazu hatte sie in der Stadt leider viel zu selten Gelegenheit, wie Saskia sich schuldbewusst eingestand. Weiter vorn sah Saskia die Züchterin stehen, von der sie Luna gekauft hatte, und winkte ihr zu, froh, ein bekanntes Gesicht zu sehen. „Du kannst sie unbesorgt losmachen", rief Waltraut ihr zu. Luna sprang nun wie aufgezogen hin und her. Sie war kaum zu halten und Saskia hatte ihre liebe Not, sie von der Leine zu lassen. Als es endlich geschafft war, hopste Luna an Saskia hoch, ließ sich das Köpfchen kraulen und stupste mit ihrer Nase immer wieder gegen Saskias rechte Jackentaschen. „Du weißt genau, wo ich deine Leckerlis versteckt habe", lachte Saskia und griff in die Tasche. Mit einem gab sich Luna nicht zufrieden, es musste ein zweites und dann noch ein drittes sein, dann wurde ihre Aufmerksamkeit schlagartig in eine andere Richtung gelenkt, doch nicht zu der spielenden Hundemeute. Von beiden unbemerkt war hinter ihnen ein junger Vater mit seinem kleinen Sohn aufgetaucht, der erst seine Hand nach Luna ausstreckte und dann voller Begeisterung in eine Pfütze direkt vor ihnen hopste. „Platsch!", rief er fröhlich und das Wasser spritzte gegen Saskias Schienbeine. Für Luna war das der Startschuss zur Flucht, denn auch sie hatte eine Ladung abbekommen. Schneller als Saskia

zupacken konnte, sauste Luna davon, während der Dreikäsehoch noch mal und noch mal in die Pfütze hopste. „Hör auf, Lukas!“, rief der Vater energisch, doch der Knirps war nicht zu bremsen, erst als nichts mehr platschte, gab er auf. Saskia wollte sich den Schaden gar nicht besehen, sie spürte, wie nass sie war. Sie hielt lieber Ausschau nach Luna.
„Ruf sie einfach!“, rief Waltraut, die schnell näher kam.
„Du bist ja vielleicht ein Frechdachs, das kannst du doch nicht machen!“, sagte Waltraut streng zu Lukas, der nun ein bisschen schuldbewusst guckte, während sich sein Vater wortreich bei Saskia entschuldigte. „Kann schon mal passieren“, wiegelte diese ab. „Ich muss jetzt erst mal Luna wieder einfangen. Sie hasst Pfützen, macht um jede einen großen Bogen“, erklärte sie.
„Luna!“, rief Saskia und ging mit Waltraut Richtung Hundewiese. Gut, dass es einen Zaun gab, überlegte sie. Doch in dem Gewusel aus Hundekörpern konnte sie Luna nicht entdecken. Wo steckte sie nur? Unruhig rief Saskia ein zweites und ein drittes Mal und je näher sie den Hunden kam, desto aufmerksamer schienen einige von ihnen zu werden. „Luna“, schrie ein kleines Mädchen mit, auch Waltraut und eine andere Frau stimmten mit ein. „Luna!“, riefen sie im Chor. Dann ging es plötzlich blitzschnell und Saskia sah, wie mehrere Hunde

auf sie zu gerannt kamen. Der erste und schnellste Hund, ein prächtiger schwarz-weiß gemusterter, war definitiv nicht ihre Luna, dafür blieb er direkt vor Waltraut stehen, zumindest kurz, bevor er sich voller Enthusiasmus auf einen weiteren weiß-braun-schwarz gemusterten stürzte und sich mit ihm fröhlich hechelnd balgte. „Das ist auch eine Luna, aus dem Vorjahreswurf", erklärte Waltraut lachend.
„Luna", rief Saskia laut und plötzlich sah sie zu ihrer großen Erleichterung ihre Luna auf sich zustürmen. Doch was war das? Direkt hinter ihr kam noch ein weiterer Spaniel angelaufen, nur wenig langsamer und wenn das Halsband nicht gewesen wäre, so hätte Saskia geglaubt, ihre Luna würde als doppeltes Lottchen daherkommen, so ähnlich sahen sich die beiden: die gleiche Größe, die gleiche Fellzeichnung und ganz ähnliche Bewegungs-

muster. Doch während ihre Luna sofort an Saskia hochhopste und die rechte Jackentasche ins Visier nahm, stoppte der andere Hund direkt vor ihr und machte Sitz. „Brav, Luna, liebes Mädchen, aber hier bin ich“, hörte sie hinter sich die Stimme einer Frau sagen. Saskia drehte sich rum und sah, dass die Dame lockend die Hand mit einem Stofftier ausstreckte. „Luna, hierher!“ Langsam setzte sich auch diese Luna in Bewegung, das Spielzeug fest im Visier. „Das Entchen liebt sie über alles“, sagte die Frau erklärend zu Saskia. „Wir haben sie erst vor Kurzem aufgenommen, so gut kennt sie uns noch nicht. Dafür hört sie perfekt auf ihren Namen. Blöd nur, dass gefühlt jeder zweite Hund so heißt. Wir kennen das also schon“, seufzte sie, während Saskia ihrer Luna die ersehnten Leckerli ins Mäulchen stopfte. Schnell kam Saskia mit der Dame ins Gespräch, es wurden Tipps und Telefonnummern getauscht. Sicherheitshalber nahm Saskia ihre Luna aber wieder an die Leine. Und dort würde sie auch bleiben. Zumindest so lange, wie der kleine Pfützenliebhaber noch in der Nähe war.

Heike Wendler

Hunde sind wie kleine Kinder

Wer auch immer gesagt hat,
Glück könne man nicht kaufen,
hat die kleinen Welpen vergessen.

Gene Hill

Nie wieder kommt mir ein Hund ins Haus

Die Toidoi war ein schwarzer Spaniel und hieß eigentlich Cordy, aber der kleine Philip hat sie Toidoi genannt.
Und dabei blieb's.
Sieben Jahre lang flötete, säuselte, lockte und drohte er: „Toidoi! Hierher!"
Sie hat ihm ums Verrecken nicht parieren wollen. Schließlich war sie die Ältere und länger im Haus als er. Sie ließ sich von dem Kleinen nichts sagen.
Die Toidoi war damals schon mit zum Standesamt. Während wir drinnen „Ja" sagten, pöbelte sie draußen aus dem Wagenfenster. Die Toidoi war immer und überall dabei, auch als wir die hellblaue Tragetasche mit Philip aus der Klinik abholten. Sie empfand das Baby als völlig überflüssige Anschaffung. Es brachte bloß Unruhe in unsere kleine Familie, in der sie bis dahin der einzige Liebling gewesen war. Toidoi mochte sowieso keine kleinen Kinder. Gut meinende Nachbarn rieten uns, sie abzuschaffen. Sie war doch so unberechenbar in ihrer Eifersucht. Wir schafften sie nicht ab, sondern taten viel, um ihr zu beweisen, dass wir sie genauso lieb hatten wie vor dem Familienzuwachs.
Dabei kamen wir vor lauter Zärtlichkeiten nach rechts und links nicht aus dem Händewaschen he-

raus. Toidoi akzeptierte Philip, ohne ihn zu mögen, aber sie schloss ihn in ihr Verteidigungsprogramm mit ein. Sie wurde Philips Hütehund.
Nur für seine Schlaftiere hatte sie eine geradezu fatale Zuneigung, vor allem zu Zeiten ihrer eingebildeten Schwangerschaften.
Dafür klaute Philipp, als er schon krabbeln konnte, ihre Quietschpuppen und Knochen. Das sah mal meine Schwiegermutter. Ihr standen die Haare zu Berge vor Entsetzen.
Sie griff sich die Toidoi und fuhr mit ihr in die tierärztliche Hochschule.
Dort müssen sie unsere Hündin scheibchenweise unters Mikroskop gelegt haben, aber außer einer äußerst renitenten Abwehr gegen diese Maßnahme und zwei Zecken haben sie nichts Bedrohliches an ihr entdecken können.
Philips Kindheit wäre ohne Hund halb so lebendig gewesen. Toidoi ersetzte ihm die fehlenden Geschwister. Im Laufe der sieben gemeinsamen Jahre ließ sie sich manches von ihm gefallen. Aber nur bis zu einer gewissen Grenze, dann zeigte sie ihm die Zähne. Sofort war er brav.
Vater und Mutter mochten Philip die Zähne zeigen, so oft und so bleckend sie wollten – ihnen hat er trotzdem nicht gehorcht. Und das konnte die Toidoi sehr wütend machen. Sie war die Einzige in der Familie, die viel von autoritärer Kindererziehung

hielt. Toidois Tod nach sieben gemeinsamen Jahren ging Philip mehr zu Herzen als das Ableben seiner Großeltern.
Großeltern gehörten schließlich nicht zum täglichen Umgang, wohl aber die Toidoi. Das Heimkommen von der Schule machte keinen Spaß mehr, weil niemand an ihm hochsprang.
Die Wohnung war so leer, seitdem Toidoi nicht mehr da war, aber ich sagte Nein, Nein, ich will keinen Hund mehr. Es ist so schwierig mit dem Verreisen und überhaupt.
So ein Hund ist schließlich ein Lebewesen und als solches eine Verpflichtung. Den kann man nicht einfach kaufen, weil er „so süß" ist, und wieder abschaffen, wenn er im Wege ist. Die Toidoi fehlte überall, am meisten in den Händen. Philip hatte so gar nichts mehr zum Kraulen, kein zusammengerolltes Fell auf dem Fußboden, um das er sich selbst herumrollen konnte und schmusen.
Ich habe „Nein" gesagt.
Zwei Monate hielten wir durch, dann hielt Philips Vater es nicht mehr durch.
Eines Mittags stand er mit einem total verschüchterten, blonden Hundebaby im Arm vor unserer Tür und erhoffte wenigstens keinen Rausschmiss, wie ich seinem ungewissen Grinsen entnahm.
Ich sagte, wie konntest du, wir wollten doch nicht mehr. Mein Mann sagte, er wäre zufällig

an einer Tierhandlung vorbeigekommen, da hätte der hier im Fenster gesessen mit seiner Schwester, beide vom Lande, aus Westfalen, ganz in der Nähe, wo sein Vater geboren war, Prachtexemplare, nicht überzüchtet, schau ihn dir doch an – und seine Schwester hat vielleicht geweint, als ihr Bruder verkauft wurde.

Ich spürte, die arme kleine, verlassene Schwester von diesem Hund ging ihm nicht aus dem Sinn und aus dem Mitleid.

Philip nahm ihm das Hundebaby behutsam ab und strahlte verklärt.

Das Baby weinte. Philip beruhigte es: „Hab keine Angst, du musst nicht wieder fort. Hast du nicht die Geldscheine gesehen, die mein Papi für dich bezahlt hat?"

„Wie viel hast du für ihn bezahlt?", fragte ich meinen Mann.

Er konnte sich nicht mehr an die Summe erinnern, nur an die arme kleine, verlassene Schwester von diesem Hund. Wer weiß, was der für ein Schicksal bevorstand! Er wollte auch noch die Schwester!

Wir konnten uns damals nicht mal einen Hund leisten. Nicht mal diesen in Philips Arm.

Wir nannten ihn Sascha.

Nur am ersten Tag war er verschüchtert und sanft. Im rauen Toben mit Philip und seinen Freunden entwickelte er seine Persönlichkeit sehr schnell.

Er wurde ein Rabauke. Ein Halbstarker. Faxenmacher. Ein Schmierenkomödiant. Philips erster, eigener Hund, der ihn rabiat verteidigte ohne Rücksicht auf die Rechtslage. Er hielt immer zu Philip und hütete mit ihm acht Tage lang das Bett, als Philip die Grippe hatte. Sie hatten auch die Grippe zusammen. Alles zusammen.
Nur einmal mussten sie sich für eine Zeit trennen. Sascha und die Meerschweine zogen vier Wochen früher von Berlin nach Starnberg als Philip. Als er Philip endlich vom Flughafen abholte, brüllte er vor Freude die Lautsprecheransagen nieder. Er kannte ja keine Hemmungen. Philip hatte es anfangs nicht leicht in der neuen Umgebung. Sascha verschaffte ihm Respekt bei den ortsansässigen Buben. Sie hatten dann noch anderthalb herrliche, wilde, abenteuerliche Jahre miteinander. Sascha mischte bei allen Jungsspielen zu Wasser und zu Lande mit. Er fuhr sogar noch mal in Urlaub.
Eines Abends sind zwei Schäferhunde über ihn hergefallen und haben ihn getötet. Philip hat es miterlebt. Er war damals elf und drehte durch. Lief einfach los.
Ich fand ihn schließlich auf einer Wiese. Es war sehr schlimm.
Ein Jäger nahm den Hund mit und grub ihn an einem landschaftlich besonders schönen Platz

ein. Ein Grab mit Blick. Noch in derselben Nacht gruben die Füchse Sascha wieder aus.
Ein Glück, dass Philip nicht dabei war, als wir den stimmungsvollen Ort aufsuchten.
Ich schwor mir, nie, nie wieder einen Hund. Zwei Tage lang brannte eine Kerze neben Saschas Bild. Wehe, wenn wir sie gelöscht hätten. Dann nahm Philip das Telefon mit der langen Schnur und schloss sich damit im Klo ein. Er sagte uns nicht, mit wem er ein Gespräch führte.
Aber wenige Tage später stand ein enger Freund des Hauses mit einer jungen Afghanenhündin vor der Tür. Sie blickte uns aus klugen, dunkelbernsteinfarbenen Augen ungewiss an und wedelte ein bisschen. Ich schrie: „O nein, o bitte nicht schon wieder!“
Philip kniete sich beglückt zu ihr und sagte mit einem letzten Rest von Pietät und Treue: „Aber Saschas Napf darfst du nicht haben.“ Wir kauften einen neuen Napf und nannten sie Natascha.

Barbara Noack

Wie ein Hund das Laufen lernt

Aber, um der Reihe nach richtig vorzugehen, also erstens das Wichtigste, was Daschenka zu tun hat, ist das Laufen. Jetzt, mein Lieber, sind es nicht mehr die mühsamen und schwankenden ersten Schritte, sondern rechte sportliche Leistungen höheren Grades wie: Sprint, Spurt auf zehn Yard, Fliegen, Schleichen, ferner verschiedene Stürze wie: Sturz auf die Nase, auf den Rücken, auf den Kopf, Purzelbäume im Lauf mit einer oder mehreren Drehungen, Hindernisrennen, Rennen mit Handicap (zum Beispiel mit dem Wischtuch in der Schnauze), verschiedene Arten des Walzens, Kugelns, Purzelns, Drehens, Riesenwellen und Absprünge, Angriffe und Flucht, Absprung, und Rücksprung, kurz alles, was die Hunde-Leichtathletik umfasst. Auf diesem Gebiete erteilt ihr die aufopfernde Mama Lektionen; sie jagt durch den Garten über Beete und über andere Hindernisse, sie fliegt dahin wie ein zottiger Pfeil, und Daschenka spurtet hinter ihr her; Mama schlägt einen Haken, und weil das etwas ist, was die Kleine noch nicht kann, so schlägt sie einen Paradepurzelbaum, da sie anders nicht innezuhalten vermag. Oder Mama läuft im Kreise und Daschenka immer hinter ihr her; aber weil sie noch nicht weiß, was die Zentrifugalkraft ist (Physik wird bei den Hunden erst etwas später gelehrt), wirft die Zentrifugalkraft sie mit einem herrlichen Schwung in die Luft. Nach jedem solchen physikalischen Phänomen setzt sich Daschenka auf ihr Hinterteil und wundert sich mächtig.

Und dann, wenn ich die Wahrheit sagen soll, hat so ein Hundekind noch nicht das rechte Maß in seinen Bewegungen. Es möchte einen kleinen Schritt machen, und statt dessen fliegt es wie aus einer Schleuder geschossen; es möchte springen und statt dessen saust es wie aus einer Kanone. Ihr wisst ja, die Jugend übertreibt gerne ein wenig. Daschenka läuft eigentlich gar nicht; es läuft von selbst; und sie springt nicht: Etwas schleudert sie. Ihre Geschwindigkeit ist ein Rekord: In drei Sekunden gelingt es ihr, einen Haufen Blumentöpfe umzustoßen, kopfüber in das Mistbeet auf die Kakteensetzlinge zu fallen und dabei noch dreiundsechzigmal mit dem Schweif zu wedeln. Das soll ihr einer nachmachen!

2. Beißen, das ist auch das Wichtigste, was Daschenka zu tun hat. Sie zerbeißt einfach alles, was ihr unterkommt, namentlich Korbmöbel, Besen, Teppiche, die Antenne, Hausschuhe, Rasierpinsel, Fotoutensilien, Streichholzschachteln, Bindfaden, Blumen, Seife, Kleider und namentlich Knöpfe: Hat sie nichts von all diesem zur Hand, dann beißt sie in ihr eigenes Bein oder

das Schwänzchen so gründlich, dass sie bald zu jammern anfängt.
Im Beißen und Nagen hat sie eine unermessliche Ausdauer: Sie hat den Zipfel des Teppichs und den Saum des Bettvorlegers aufgefressen; ich bitte anzuerkennen, dass das für so ein Tierchen eine ganz tüchtige Leistung ist. In ihrer kurzen Wirkungszeit hat sie mit Erfolg zerkaut:

1 Garnitur Korbmöbel, M. 36,-
1 Divanüberzug, M. 4,-
1 Teppich, etwas abgenutzt, M. 70,-
1 Läufer, wie neu, M. 9,40
1 Gartenschlauch, M. 13,-
1 Bürste, M. 1,60
1 Paar Sandalen, M. 1,90
1 Paar Hausschuhe, M. 2,90
Diverses, M. 126,-
Summe: M. 264,80

(Bitte gefälligst nachzurechnen.) Daraus folgt, dass so ein junger reinrassiger, stichelhaariger Foxterrier unter Brüdern einen Wert von M. 264,80 hat. Jetzt möchte ich nur gerne wissen, welchen Wert demzufolge – sagen wir mal – das reinrassige Junge eines Berberlöwen haben müsste?
Mitunter herrschte im Hause so eine eigenartige Ruhe, Daschenka saß mäuschenstill in einer Ecke;

Gott sei Dank, atmet der Mensch auf, das Hundevieh ist wahrscheinlich dort eingeschlafen, wenigstens gibt es eine Weile Frieden. In Bälde aber scheint diese Stille denn doch verdächtig; dem Menschen lässt es keine Ruhe, und er geht nachsehen, wieso eigentlich Klein Dascha so lange ruhig ist. Daschenka erhebt sich siegesbewusst und wedelt mit dem Schweif: Unter ihr liegen Fetzen und Splitter; was es einmal gewesen ist, lässt sich aber nicht mehr erkennen. Ich denke, es war mal eine Bürste.

3. Nicht weniger wichtig sind andere Sports, zum Beispiel das Tauziehen. Dabei muss ihr in der Regel Mutter Iris helfen; und weil den Hunden kein Tau zur Verfügung steht, dient ihnen zu diesem Sport, was sie gerade finden: ein Hut, ein Strumpf, Schnürsenkel und andere nützliche Gegenstände. Selbstverständlich zieht Mutter Iris stärker und zerrt Daschenka durch den ganzen Garten; aber Klein Dascha gibt nicht nach, sie beißt die Zähne zusammen, reißt die Augen auf und lässt sich so lange durch den Garten schleppen, bis das betreffende Tau zerreißt. Ist Mama nicht bei der Hand, so kann man das Tauziehen auch ohne sie pflegen, zum Beispiel mit der zum Trocknen aufgehängten Wäsche, mit meinem Fotoapparat, mit den Blumen, dem Telefonhörer, mit den Vorhängen oder mit der Antenne; man findet so manches in der

Menschenhütte, woran man die Kraft der Zähne und der Muskeln, die Ausdauer und den Sportgeist erproben kann.

4. Griechisch-römischer Hundewettkampf ist eine weitere, und was Daschenka betrifft, besonders beliebte Übung in der Schwerathletik. Dabei stürzt sich Daschenka gewöhnlich mit bewundernswertem Kampfesmut auf ihre Mama und verbeißt sich in ihre Nase, ins Ohr oder in den Schweif; Mutter schüttelt den Angreifer ab und erwischt ihn beim Wickel; es kommt zum sogenannten Infighting, das heißt beide Ringkämpfer wälzen sich im Ring herum (in der Regel auf dem Rasen), und man sieht nichts als eine außergewöhnliche Menge Vorder- und Hinterbeine, die in einem zottigen Knäuel hin und her strampeln, irgendwo quiekt etwas, irgendwo winkt siegesgewiss ein Schweif heraus, beide Kämpfer knurren wild und stürzen mit allen vieren aufeinander los, worauf Iris aufspringt und dreimal um den ganzen Garten rennt, verfolgt von der kampflustigen Daschenka; dann geht es von Neuem los. Selbstverständlich führt Mutter nur ein Exhibitionsmatch vor, wobei sie nicht wirklich beißt; aber Daschenka in der Kampfbegeisterung reißt, zaust und beißt die Mutter nach Leibeskräften. Die arme Iris lässt bei jedem solchen Match eine Menge Zotten; je mehr Daschenka wächst, stärker und ruppiger wird, um o heftiger zerzaust

und gemausert ist Mama. Ja, ja, mit den Kindern ist es eben ein Kreuz, das können euch eure Mütter bestätigen.
Manchmal will Mutter schon Ruhe haben und versteckt sich irgendwo vor ihrem hoffnungsvollen Töchterchen; da ringt denn Daschenka mit dem Besen, führt einen erbitterten Kampf mit einem Fetzen oder unternimmt wagemutige Ausfälle gegen Menschenfüße. Es kommt ein Besuch, und schon stürzt sich Daschenka blitzschnell auf seine Hosen und reißt daran. Der Besuch lacht gezwungen, denkt: „Fahr ab, Biest", versichert aber, er habe kleine Hunde furchtbar gern, besonders wenn sie sich an seine Hosen hängen. Oder Daschenka stürzt sich auf die Schuhe eines Gastes und zerrt an den Schnürsenkeln, sie versteht es, sie entweder aufzuschnüren oder abzureißen, ehe der Herr bis fünf gezählt hat, und findet einen schrecklichen Spaß daran (nicht der Herr, sondern Daschenka).
5. Außerdem betreibt Daschenka mit besonderer Vorliebe Rhythmik und Freiübungen, zum Beispiel Kratzen mit dem Hinterbein hinterm Ohr oder unterm Kinn oder Zerbeißen eines vermeintlichen Flohs im eigenen Fell, welch letztere Übung der Pflege der Grazie, der Beweglichkeit und überhaupt der Parterreakrobatik dient.
Oder sie betreibt irgendwo in einem Beet Training im Pionierwesen; da sie der Familie der Terrier oder

Mäusefänger entstammt, lernt sie, ein Mäuschen aus der Erde zu scharren. Gelegentlich musste ich sie am Schweif aus einem Loche ziehen; ihr machte das augenscheinlich viel Vergnügen, mir aber weniger – bitte, wenn einem aus so einem Beet statt einer blühenden Lilie nur ein Hundeschweif anschaut, ist das doch, mit Verlaub, ein wenig ärgerlich. Daschenka, Daschenka, mir scheint, so wird es mit dir nicht mehr weitergehen; da hilft nichts, du musst aus dem Haus! „Ja, ja", sagt Mutter Iris mit ihren klugen Augen, „so geht das mit dem Mädel nicht mehr weiter! Sieh mal, Menschenkind, wie ich aussehe, ganz zerrupft und aus der Form geraten; höchste Zeit, dass mir wieder ein neues Kleid wächst. Und dann, schau: Ich diene hier schon fünf Jahre – es muss einem doch leidtun, wenn jeder nur diesen Ausbund hätschelt und mich fast gar nicht beachtet. Du musst wissen, nicht mal satt fressen kann ich mich – sie frisst erst ihren Teil und dann kommt meine Schüssel an die Reihe. Keine Dankbarkeit, Herr. Es ist hohe Zeit, dass das Mädel in Dienst geht!"

Und so kam denn der Tag, da fremde Menschen Daschenka abholten und sie in der Aktentasche wegtrugen unter unseren eifrigen und wohlwollenden Versicherungen, welch ein braves und prächtiges Hündchen sie sei (am gleichen Tage hatte sie noch die Fenster im Treibbeet zerschlagen und ein

ganzes Schwertlilienbeet aus der Erde gescharrt, wie artig und sanft und überhaupt: So ein Hündchen gibt es kein zweites Mal mehr. Also: Gott befohlen, Daschenka, und sei brav!
Im Hause herrscht wohltuende Ruhe, gottlob, jetzt muss man nicht mehr immerfort Angst haben, welchen Schaden oder Unfug das verflixte Hundetier stiften wird. Gott sei Dank, dass es fort ist!
Aber auf einmal ist es im Hause so totenstill. Na, was ist das? Die Menschen weichen einander aus, damit sie sich gegenseitig nicht in die Augen schauen müssen: Man sieht sich in allen Winkeln um und nirgends ist etwas, nirgends eine Pfütze ...
In der Hundehütte weint stumm, nur mit den Augen blinzelnd, die zerzauste und abgerackerte Mutter Iris.

Karel Čapek

Welpenalarm oder: Chaos auf acht Pfoten

Vor einiger Zeit traf ich die Entscheidung, mir einen Hund zuzulegen, am liebsten einen Mops. Ich informierte mich und hatte bald einen guten Züchter gefunden. Es waren fünf Wurfgeschwister, die mir der Züchter präsentierte. „Im Mai dürfen sie ausziehen", sagte er. „Drei sind schon weg, Sie haben noch die Wahl zwischen dem Beigefarbenen und dem Schwarzen. Der Beige ist ein Rüde, die kleine schwarze ein Mädchen", erklärte er. Der schwarze Mops entdeckte mich zuerst. Ich war hin und weg, wie sie meinen Finger anknabberte. Doch auch ihr Brüderchen eroberte mein Herz im Sturm. „Ich nehme sie beide", hörte ich mich sagen. Der Züchter nickte. „Das sollte keine Probleme geben, sie sind zusammen sozialisiert, da fällt das Alleinbleiben leichter. Schließlich wollen Sie ja vielleicht auch mal ohne Anhang die Wohnung verlassen", sagte er. Die nächsten Wochen bereitete ich meine Wohnung auf die Hunde vor. Ich würde sie Hugo und Frieda nennen.

Dann durfte ich sie endlich abholen. In der Wohnung waren beide erst einmal sehr scheu, trauten sich kaum, eine Pfote vor die andere zu setzen. Erst als ich in die Küche ging und die Kühlschranktür öffnete, offenbar ein vertrautes und sehr beliebtes

Geräusch, kamen sie angesaust. „Na, Hunger?“, fragte ich. Hugo kläffte ganz leise. Die Käsehäppchen kamen besonders gut an. Ich warf sie ihnen spielerisch zu und sie hopsten ihnen hinterher. Sie konnten gar nicht genug bekommen, wobei sich Hugo von einem herunterhängenden Geschirrhandtuch ablenken ließ. Erst knurrte er es an, dann sprang er hoch, wieder und wieder, bis er einen Zipfel erreicht hatte, um es dann ganz runterzureißen. Einmal unten, verbiss er sich fest darin, doch zwei Käsewürfel reichten aus, um ihn wegzulocken. Ich warf das Handtuch auf den Tisch.
Ihre Zurückhaltung ließ jedenfalls schnell nach und sie folgten mir auf Schritt und Tritt durch die Wohnung. Als ich ihnen die Badtür vor der Nase zumachte, begannen sie kläglich zu wimmen. Abends fielen sie dann total erledigt in ihre Körbchen. Jedoch war meine Nacht früh zu Ende. Hugo und Frieda brauchten ihre Gassi-Runde. Es regnete. Während Hugo bestrebt war, schnell wieder ins Trockene zu kommen, fand Frieda Gefallen daran, sich in der erstbesten Pfütze zu wälzen. Wieder oben, flitzten beide so schnell in die Wohnung, dass ich keine Chance hatte, sie sauber zu reiben. Viele kleine Pfötchenabdrücke verzierten nun die ganze Wohnung, denn beide mussten ja von Zimmer zu Zimmer sausen. Offenbar hatte die frühe Runde ihre Lebensgeister geweckt, sie waren im Gegen-

satz zu mir putzmunter. Ich räumte alles Heruntergerissene auf und wischte den Boden. Das würde sich geben, tröstete ich mich, doch das tat es leider nicht. Die beiden gewöhnten sich ganz schnell ein und wickelten mich um ihre Pfötchen. In null Komma nichts hatten sie mich so weit, dass ich voll nach ihrer Pfeife tanzte. Als jemand, der alles gut vorbereitet, hatte ich meinen gesamten Jahresurlaub für das Vorhaben „Welpeneinzug“ aufgespart, doch der war natürlich irgendwann zu Ende. Mir graute vor dem ersten Arbeitstag. Ich war seit zehn Jahren Grafiker in einer Werbeagentur, der Gründer war ein Schulfreund von mir.
Als ich an meinem ersten Arbeitstag nach Hause kam, war ich erschüttert. Nicht nur dass meine Nachbarin mich schon beim Betreten des Hauses fragte, ob alles in Ordnung sei, die Hunde hätten den ganzen Tag gejault, die Wohnung sah auch aus, als ob ein Tornado durchgefegt wäre. Frieda und Hugo stürzten sich mit einer Begeisterung auf mich, als hätten wir uns Jahre lang nicht gesehen. Danach ließen sie mich erst recht keinen Schritt mehr ohne sie gehen. Das ging eine Woche so, ohne dass es besser wurde. Sie schafften es jedesmal, Chaos anzurichten. Ich wurde von Tag zu Tag genervter, doch ich konnte Hugo und Frieda nicht wirklich böse sein.
„Da liegt wohl dein Problem!“, lachte Konrad, mein

Chef, und schlug vor: „Nimm dir einen Welpentrainer. Ich kenn da einen, ich ruf ihn für dich an."
Mike, der Welpentrainer, konnte zum Glück schon zwei Tage später kommen. „Welpen können Stress nur auf drei Arten abbauen, und Alleinsein ist für sie der pure Stress", erklärte er mir. „Sie bellen, rennen wie aufgezogen hin und her oder kauen alles an."
Das erklärte einiges. Er verordnete uns konsequentes Training und besorgte ein paar Kauknochen, die sie zerlegen durften. So fing ich an, mit ihnen zu üben, Tag für Tag. Kleine Fortschritte spornen mich an. Inzwischen richten sie schon viel weniger Chaos an. Nur überall hinterherlaufen tun sie mir noch. Sie sind eben besonders anhänglich.

Heike Wendler

Hundeliebe beruht auf Gegenseitigkeit

Wir schenken unseren Hunden
ein klein wenig Liebe und Zeit.
Dafür schenken sie uns restlos alles,
was sie zu bieten haben.
Es ist zweifellos das beste Geschäft,
das der Mensch je gemacht hat.

Roger A. Caras, Präsident des amerik. Tierschutzvereins ASPCA

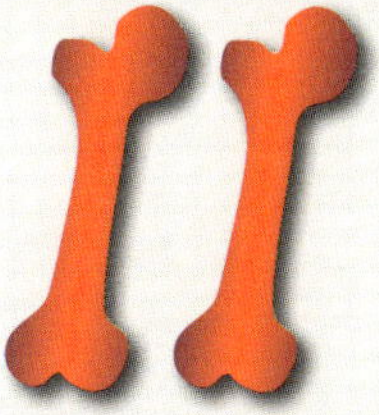

Ein braver Hund

„Ob Mr Herriot sich wohl bitte meinen Hund ansehen könnte?"
Die Worte, die da aus dem Wartezimmer herausdrangen, hörte ich nur allzu oft, doch die Stimme ließ mich innehalten.
Nein, es konnte nicht sein. Ausgeschlossen. Und doch, die Stimme klang genau wie Helens Stimme. Ich schlich zurück und spähte durch die Türritze. Drinnen im Wartezimmer stand Tristan und sprach mit jemandem, der sich außerhalb meines Blickfelds befand. Ich sah nur eine Hand, die auf dem Kopf eines geduldigen Schäferhunds ruhte, und zwei Beine in Seidenstrümpfen.
Es waren hübsche Beine, und es konnten durchaus Helens Beine sein. Während ich noch darüber nachdachte, beugte sich ein Kopf zu dem Hund herab, und jetzt sah ich ein Profil wie in Großaufnahme vor mir: die gerade Nase und das dunkle Haar, das über die glatte, weiche Wange fiel.
Völlig durcheinander spähte ich noch immer durch die Ritze, als Tristan aus dem Zimmer geschossen kam und mit mir zusammenprallte. Er unterdrückte einen Fluch, packte mich am Arm und zerrte mich den Flur entlang in das hintere Zimmer. Er schloss die Tür und flüsterte heiser:

„Sie ist es! Die Alderson! Und sie will Sie sehen! Nicht Siegfried, nicht mich, sondern Sie! Mr Herriot persönlich!"
Er sah mich mit großen Augen an. Und dann, als ich zögerte, riss er die Tür auf und versuchte mich hinauszustoßen.
„Worauf warten Sie?" zischte er.
„Nun ja, es ist doch ein bisschen peinlich, oder etwa nicht? Nach dem Abend damals, meine ich. Ich muss einen hinreißenden Anblick geboten haben, stockbetrunken und unfähig zu reden."
Tristan schlug sich mit der Hand vor die Stirn. „Herrgott! Lassen Sie doch diese Albernheiten. Sie will Sie sehen, was wollen Sie mehr? Los, gehen Sie!"
Unentschlossen ging ich ein paar Schritte durch den Flur.
„Moment", zischelte Tristan. „Warten Sie hier!"
Er eilte davon und kam gleich darauf mit einem weißen Kittel wieder. „Gerade aus der Wäscherei zurück", sagte er und machte sich daran, meine Arme in die gestärkten Ärmel zu zwängen. „Sie werden fabelhaft darin aussehen, Jim – der lautere junge Arzt."
Ich leistete keinen Widerstand, als er mir den Kittel zuknöpfte. Doch als er meine Krawatte zurechtziehen wollte, schlug ich seine Hand weg. Er lachte und winkte mir aufmunternd zu.

Ich dachte nicht weiter nach, sondern marschierte schnurstracks ins Wartezimmer. Helen blickte auf und lächelte. Es war genau das gleiche Lächeln wie immer. Nichts verbarg sich dahinter. Es war das gleiche freundliche, stille Lächeln wie bei unserer ersten Begegnung.

Wir sahen einander schweigend an. Als ich nichts sagte, senkte sie den Kopf und deutete auf den Hund.

„Diesmal geht es um Dan", sagte sie. „Er ist unser Schäferhund, aber wir hängen alle so sehr an ihm, dass er fast schon zur Familie gehört."

Der Hund wedelte mit dem Schwanz, als er seinen Namen hörte, jaulte jedoch, als er auf mich zukam. Ich streichelte seinen Kopf.

„Ich sehe schon, er hat etwas an dem einen Hinterbein."

„Ja, er ist heute morgen über eine Mauer gesprungen, und seither zieht er das Bein an. Es muss etwas Schlimmes sein – er kann sich nicht darauf stützen."

„Gut. Bringen Sie ihn hinüber. Ich werde ihn mir ansehen. Und gehen Sie bitte mit ihm vor mir her, damit ich sehe, wie er läuft."

Ich hielt Helen die Tür auf, und sie ging mit dem Hund vor mir her.

Zuerst hingen meine Blicke nur an Helens Beinen, doch bis wir die zweite Biegung des langen Flurs

erreicht hatten, war es mir gelungen, mich auf meinen Patienten zu konzentrieren.
Es war eine Hüftverrenkung. Es konnte gar nichts anderes sein. Man sah deutlich, wie er das eine Bein unter dem Körper hielt und mit der Pfote eben nur den Boden berührte.
Ich betrachtete den Schaden mit gemischten Gefühlen. Es war eine schwere Verletzung. Andererseits konnte ich die Sache mit etwas Glück schnell in Ordnung bringen und so eine gute Figur machen. Ich wusste aus Erfahrung, dass die Korrektur einer traumatischen Hüftgelenkluxation eines der spektakulärsten, eindrucksvollsten Verfahren war.
Im Operationsraum hievte ich Dan auf den Tisch und untersuchte seine Hüfte. Kein Zweifel – der Oberschenkelkopf war nach hinten aus der Gelenkpfanne herausgetreten. Ich fühlte es deutlich mit dem Daumen.
Der Hund blickte sich nur einmal um, nämlich als ich behutsam versuchte, das Bein zu beugen. Dann wandte er sich wieder ab und starrte entschlossen geradeaus, demütig in sein Schicksal ergeben.
„Ein braver Hund“, sagte ich. „Und obendrein ein sehr hübsches Tier.“
Helen strich ihm über den breiten weißen Stirnfleck. Dan wedelte langsam mit dem Schwanz. „Ja“, sagte sie. „Er ist der Liebling der Familie und

außerdem sehr arbeitsam. Ich hoffe nur, die Verletzung ist nicht zu schlimm."
„Hm, es ist eine Hüftverrenkung. Scheußliche Sache, aber mit ein bisschen Glück müsste ich's eigentlich in Ordnung bringen können."
„Und was ist, wenn es nicht gelingt?"
„Dann würde sich da oben ein falsches Gelenk bilden. Er würde wochenlang lahmen und wahrscheinlich immer ein leicht verkürztes Bein haben."
„O Gott, das wäre ja entsetzlich! Glauben Sie, er wird wieder in Ordnung kommen?"
Ich sah auf das folgsame Tier, das immer noch unbeirrt vor sich hin starrte. „Ich glaube, er hat eine gute Chance. Es ist gut, dass Sie gleich mit ihm hergekommen sind. Je schneller man diese Dinge in Angriff nimmt, umso besser."
„Fein, und wann können Sie mit der Behandlung beginnen?"
„Jetzt gleich." Ich ging zur Tür. „Ich will nur Tristan rufen, damit er mir zur Hand geht."
„Kann ich Ihnen nicht helfen? Bitte!"
Ich sah sie zweifelnd an. „Na, ich weiß nicht. Es wird ein heftiges Gezerre geben. Natürlich wird er betäubt, aber trotzdem ist es kein Spaß."
Helen lachte. „Och, ich bin nicht zimperlich. Ich bin den Umgang mit Tieren gewohnt."
Gut", sagte ich. „Dann ziehen Sie diesen Kittel an. Wir fangen gleich an."

Der Hund zuckte nicht einmal, als ich die Nadel in die Vene stieß. Das Nembutal wirkte sofort. Sein Kopf sank gegen Helens Arm, und gleich darauf lag er bewusstlos auf der Seite.

Ich ließ die Nadel in der Vene und betrachtete das schlafende Tier.

„Ich sollte ihm vielleicht ein bisschen mehr geben. Je tiefer er schläft, umso mehr lässt der Widerstand der Muskeln nach."

Schließlich lag Dan so schlaff wie eine Stoffpuppe da. Ich ergriff das verletzte Bein. Über den Tisch hinweg sagte ich zu Helen, „Jetzt falten Sie bitte die Hände unter seinem Schenkel, und dann halten Sie ihn so fest, wie Sie können, wenn ich ziehe. Verstanden? Also los – jetzt!"

Es erfordert erstaunlich viel Kraft, den Kopf eines verrenkten Oberschenkelknochens über den Rand der Gelenkpfanne zu ziehen. Ich zog fest und stetig mit der rechten Hand und drückte gleichzeitig mit der linken auf den Oberschenkelkopf. Helen machte ihre Sache gut. Sie stemmte sich mit aller Kraft gegen die Zugbewegung, und vor lauter Konzentration schoben sich ihre Lippen vor.

Ich meine, es müsste für diese Prozedur eine narrensichere Methode geben, ein Verfahren, das gleich beim ersten Mal funktioniert, aber ich bin nie dahintergekommen. Ich habe immer erst nach mehreren Versuchen Erfolg gehabt, und so war es

auch diesmal. Ich probierte es mit allen möglichen Drehungen und Bewegungen und mochte gar nicht daran denken, wie ich dastehen würde, falls es mir ausgerechnet in diesem Fall nicht gelang.
Ich überlegte gerade, was Helen wohl von diesem Ringkampf hielt, als ich plötzlich das leise Knacken hörte. Ein süßer und willkommener Laut!
Ich bog das Hüftgelenk hin und her. Keinerlei Widerstand mehr. Der Oberschenkel-Kopf bewegte sich wieder geschmeidig in seiner Gelenkpfanne.
„So, das wär's", sagte ich. „Ich hoffe, es bleibt dabei. Wir wollen alle Daumen halten. Manchmal springt der Oberschenkelkopf wieder heraus, aber diesmal habe ich das Gefühl, es ist alles in Ordnung."
Helen strich mit der Hand über die seidigen Ohren und den Hals des schlafenden Hundes. „Armer Dan", sagte sie. „Bestimmt wäre er nicht über die Mauer gesprungen, wenn er gewusst hätte, was ihn erwartete. Wann wird er wieder zu sich kommen?"
„Oh, ich nehme an, erst gegen Abend. Wenn er aufwacht, sollten Sie bei ihm sein und ihn stützen, sonst fällt er womöglich und renkt sich das Ding noch einmal aus. Vielleicht rufen Sie mich an, damit ich Bescheid weiß."
Ich nahm Dan auf beide Arme und trug ihn vorsichtig hinaus. Im Flur kam mir Mrs Hall entgegen. Sie trug ein Tablett mit zwei Tassen.

„Ich habe mir gerade Tee gekocht, Mr Herriot", sagte sie, „und da dachte ich mir. Sie und die junge Dame würden vielleicht auch gern ein Tässchen trinken."

Ich sah sie prüfend an. Wollte sie etwa auch wie Tristan Cupido spielen? Aber ihr breites, wie immer gleichmütiges Gesicht verriet nichts.

„Fein, Mrs Hall, vielen Dank. Ich will nur schnell den Hund nach draußen bringen." Ich legte Dan behutsam auf den Rücksitz von Helens Auto und breitete eine Decke, die dort lag, über ihn. Er wirkte ganz zufrieden.

Helen saß bereits da und hielt eine Tasse in der Hand. Ich musste daran denken, wie ich einst in diesem Zimmer mit einem jungen Mädchen Tee getrunken hatte. Am Tag meiner Ankunft in Darrowby. Sie war eine von Siegfrieds Verfolgerinnen gewesen und sicherlich die zäheste von allen.

Aber diesmal war es anders, und diesmal stockte die Unterhaltung nicht. Vielleicht weil ich mich auf meinem eigenen Boden befand – vielleicht war ich nie ganz frei und ungezwungen, wenn nicht irgendwo ein krankes Tier mit im Spiel war. Jedenfalls redete ich munter drauflos, genau wie damals, als wir einander zum ersten Mal begegnet waren.

Das gleiche Gefühl der Sicherheit und des Selbstvertrauens hatte ich, als Helen mich am Abend anrief.

„Dan ist auf und spaziert herum", sagte sie. „Er ist noch ein bisschen wacklig auf den Beinen, aber das Hüftgelenk ist in Ordnung."

„Großartig, er hat das erste Stadium hinter sich. Ich denke, es geht alles gut."
Es folgte eine lange Pause. „Vielen Dank für alles, was Sie getan haben", sagte Helen schließlich. „Wir waren so in Sorge um Dan, besonders mein kleiner Bruder und meine Schwester. Wir sind Ihnen sehr dankbar."
„Nichts zu danken. Ich freue mich auch. Ein prächtiger Hund." Ich zögerte, aber dann überwand ich meine Scheu. „Ach so, ja", fuhr ich fort, „wir sprachen doch heute über Schottland. Ich bin vorhin am Plaza vorbeigekommen. Sie zeigen dort einen Film über die Hebriden. Ich dachte, vielleicht ... Ich wollte fragen ... Ich wollte Sie fragen, ob Sie Lust hätten, sich den Film mit mir anzusehen."
Wieder eine Pause. Mein Herz klopfte dröhnend.
„Fein", sagte Helen endlich. „Sehr gern. Und wann? Freitagabend? Gut, vielen Dank, und dann auf Wiedersehen."
Mit zitternder Hand legte ich den Hörer auf. Warum fand ich alle solche Dinge so kompliziert? Aber es machte nichts – am Freitag würde ich Helen wiedersehen.

James Herriot

Die drei Hunde

Ein Schäfer hinterließ seinen beiden Kindern, einem Sohn und einer Tochter, nichts als drei Schafe und ein Häuschen und sprach auf seinem Totenbett: „Teilt euch geschwisterlich darein, dass nicht Hader und Zank zwischen euch entstehe."

Als der Schäfer nun gestorben war, fragte der Bruder die Schwester, welches sie lieber wollte, die Schafe oder das Häuschen? Und als sie das Häuschen wählte, sagte er: „So nehm ich die Schafe und gehe in die weite Welt: Es hat schon mancher sein Glück gefunden, und ich bin ein Sonntagskind."

Er ging darauf mit seinem Erbteil fort; das Glück wollte ihm jedoch lange nicht begegnen. Einst saß er recht verdrießlich an einem Kreuzweg, ungewiss, wohin er sich wenden wollte; auf einmal sah er einen Mann neben sich, der hatte drei schwarze Hunde, von denen der eine immer größer als der andere war.

„Ei, junger Gesell", sagte der Mann, „Ihr habt da drei schöne Schafe. Wisst Ihr was, gebt mir die Schafe, ich will Euch meine Hunde dafür geben."

Trotz seiner Traurigkeit musste jener lachen. „Was soll ich mit Euren Hunden tun?", fragte er. „Meine Schafe ernähren sich selbst, die Hunde aber wollen gefüttert sein."

„Meine Hunde sind von absonderlicher Art“, antwortete der Fremde, „sie ernähren Euch statt Ihr sie, und werden Euer Glück machen. Der kleinere da heißt ‚Bring Speisen‘, der zweite ‚Zerreiß ’n’, und der große starke ‚Brich Stahl und Eisen‘.“
Der Schäfer ließ sich endlich beschwatzen und gab seine Schafe hin. Um die Eigenschaft seiner Hunde zu prüfen, sprach er: „Bring Speisen!“, und alsbald lief der eine Hund fort und kam zurück mit einem großen Korb voll der herrlichsten Speisen. Den Schäfer gereute nun der Tausch nicht; er ließ sich’s wohl sein und zog lange im Lande umher.
Einst begegnete ihm ein Wagen mit zwei Pferden bespannt und ganz mit schwarzen Decken bekleidet und auch der Kutscher war schwarz angetan. In dem Wagen saß ein wunderschönes Mädchen in einem schwarzen Gewande, das weinte bitterlich. Die Pferde trabten traurig und langsam und ihnen hingen die Köpfe. „Kutscher, was bedeutet das?“, fragte der Schäfer. Der Kutscher antwortete unwirsch, jener aber ließ nicht nach zu fragen, bis der Kutscher erzählte, es hause ein großer Drache in der Gegend, dem habe man, um sich vor seinen Verwüstungen zu sichern, eine Jungfrau als jährlichen Tribut versprechen müssen, die er mit Haut und Haar verschlingt. Das Los entscheide allemal unter den vierzehnjährigen Jungfrauen und diesmal habe es die Königstochter betroffen. Darüber

seien der König und das ganze Land in tiefster Betrübnis und doch müsse der Drache sein Opfer erhalten.
Der Schäfer fühlte Mitleid mit dem schönen jungen Mädchen und folgte dem Wagen. Dieser hielt endlich an einem hohen Berge. Die Jungfrau stieg aus und schritt langsam ihrem schrecklichen Schicksal entgegen. Der Kutscher sah nun, dass der fremde Mann ihr folgen wollte, und warnte ihn, der Schäfer ließ sich jedoch nicht abwendig machen. Als sie die Hälfte des Berges erstiegen hatten, kam vom Gipfel herab ein schreckliches Untier mit einem Schuppenleib, Flügeln und ungeheuren Krallen an den Füßen; aus seinem Rachen loderte ein glühender Schwefelstrom und schon wollte es sich auf seine Beute stürzen, da rief der Schäfer: „Zerreiß 'n!", und der zweite seiner Hunde stürzte sich auf den Drachen, biss sich in der Weiche desselben fest und setzte ihm so zu, dass das Ungeheuer endlich niedersank und sein giftiges Leben aushauchte; der Hund aber fraß ihn völlig auf, dass nichts übrig blieb als ein paar Zähne, die steckte der Schäfer zu sich. Die Königstochter war ganz ohnmächtig vor Schreck und vor Freude, der Schäfer erweckte sie wieder zum Leben, und nun sank sie ihrem Retter zu Füßen und bat ihn flehentlich, mit zu ihrem Vater zu kommen, der ihn reich belohnen werde. Der Jüngling antwortete, er wolle sich erst in der Welt

umsehen, nach drei Jahren aber wiederkommen. Und bei diesem Entschluss blieb er. Die Jungfrau setzte sich wieder in den Wagen, und der Schäfer ging eines anderen Weges fort.
Der Kutscher aber war auf böse Gedanken gekommen. Als sie über eine Brücke fuhren, unter der ein großer Strom floss, hielt er still, wandte sich zur Königstochter und sprach: „Euer Retter ist fort und begehrt Eures Dankes nicht. Es wäre schön von Euch, wenn Ihr einen armen Menschen glücklich machtet. Saget deshalb Eurem Vater, dass ich den Drachen umgebracht habe; wollt Ihr aber das nicht, so werf ich Euch hier in den Strom und niemand wird nach Euch fragen, denn es heißt, der Drache habe Euch verschlungen.“ Die Jungfrau wehklagte und flehte, aber vergeblich; sie musste endlich schwören, den Kutscher für ihren Retter auszugeben und keiner Seele das Geheimnis verraten. So fuhren sie in die Stadt zurück, wo alles außer sich vor Entzücken war; die schwarzen Fahnen wurden von den Türmen genommen und bunte darauf gesteckt, und der König umarmte mit Freudentränen seine Tochter und ihren vermeintlichen Retter.
„Du hast nicht nur mein Kind, sondern das ganze Land von einer großen Plage errettet“, sprach er. „Darum ist es auch billig, dass ich dich belohne. Meine Tochter soll deine Gemahlin werden; da sie aber noch allzu jung ist, so soll die Hochzeit erst in

einem Jahre sein." Der Kutscher dankte, ward prächtig gekleidet, zum Edelmann gemacht und in allen feinen Sitten, die sein nunmehriger Stand erforderte, unterwiesen. Die Königstochter aber erschrak heftig und weinte bitterlich, als sie dies vernahm, und wagte doch nicht, ihren Schwur zu brechen. Als das Jahr um war, konnte sie nichts erreichen als die Frist noch eines Jahres. Auch dies ging zu Ende und sie warf sich dem Vater zu Füßen und bat um noch ein Jahr, denn sie dachte an das Versprechen ihres wirklichen Erretters. Der König konnte ihrem Flehen nicht widerstehen und gewährte ihr die Bitte mit dem Zusatz jedoch, dass dies die letzte Frist sei, die er ihr gestattete. Wie schnell verrann die Zeit! Der Trauungstag war nun festgesetzt, auf den Türmen wehten rote Fahnen, und das Volk war im Jubel.
An demselben geschah es, dass ein Fremder mit drei Hunden in die Stadt kam. Der fragte nach der Ursache der allgemeinen Freude und erfuhr, dass die Königstochter eben mit dem Manne vermählt werde, der den schrecklichen Drachen erschlagen. Der Fremde schalt diesen Mann einen Betrüger, der sich mit fremden Federn schmücke. Aber er wurde von der Wache ergriffen und in ein enges Gefängnis mit eisernen Türen geworfen. Als er nun so auf seinem Strohbündel lag und sein trauriges Geschick überdachte, glaubte er plötzlich draußen das Winseln seiner Hunde zu hören; da dämmerte ein lich-

ter Gedanke in ihm auf. „Brich Stahl und Eisen!“ rief er, so laut er konnte, und alsbald sah er die Tatzen seines größten Hundes an dem Gitterfenster, durch welches das Tageslicht spärlich in seine Zelle fiel. Das Gitter brach, und der Hund sprang in die Zelle und zerbiss die Ketten, mit denen sein Herr gefesselt war; darauf sprang er wieder hinaus, und sein Herr folgte ihm. Nun war er zwar frei, aber der Gedanke schmerzte ihn sehr, dass ein anderer seinen Lohn ernten solle. Es hungerte ihn auch und er rief seinen Hund an: „Bring Speisen!“ Bald darauf kam der Hund mit einer Serviette voll köstlicher Speisen zurück; in die Serviette war eine Königskrone gestickt.

Der König hatte eben mit seinem ganzen Hofstaat an der Tafel gesessen, als der Hund erschienen war und der bräutlichen Jungfrau bittend die Hand geleckt hatte. Mit freudigem Schreck hatte sie den Hund erkannt und ihm die eigene Serviette umgebunden. Sie sah dies als einen Wink des Himmels an, bat den Vater um einige Worte und vertraute ihm das ganze Geheimnis. Der König sandte einen Boten dem Hunde nach, der bald darauf den Fremden in des Königs Kabinett brachte. Der König führte ihn an der Hand in den Saal; der ehemalige Kutscher erblasste bei seinem Anblick und bat kniend um Gnade. Die Königstochter erkannte den Fremdling als ihren Retter, der sich noch überdies

durch die Drachenzähne, die er noch bei sich trug, auswies. Der Kutscher ward in einen tiefen Kerker geworfen, und der Schäfer nahm seine Stelle an der Seite der Königstochter ein. Diesmal bat sie nicht um Aufschub der Trauung.
Das junge Ehepaar lebte schon eine geraume Zeit in wonniglichem Glück, da gedachte der ehemalige Schäfer seiner armen Schwester und sprach den Wunsch aus, ihr von seinem Glück mitzuteilen. Er sandte auch einen Wagen fort, sie zu holen, und es dauerte nicht lange, so lag sie an der Brust ihres Bruders. Da begann einer der Hunde zu sprechen und sagte: „Unsere Zeit ist nun um; du bedarfst unser nicht mehr. Wir blieben nur so lange bei dir, um zu sehen, ob du auch im Glück deine Schwester nicht vergessen würdest.“ Darauf verwandelten sich die Hunde in drei Vögel und verschwanden in den Lüften.

Ludwig Bechstein

Freudiges Wiedersehen

Fröhlich lief Mathilda über die Wiese neben der Johanniskirche. Zwei Wochen hatte sie wegen einer Bronchitis die Wohnung nicht verlassen können. Nun war sie jedoch wieder gesund und energiegeladen. Auch wenn die kleinen Beinchen sie noch etwas unsicher trugen, sie wollte toben, sie wollte herumrennen, sie wollte die kleinen Blümchen aus der Nähe betrachten. Und es dauerte nicht lange, da hatte sie schon die ersten Gänseblümchen auf der Wiese erreicht. Sie bückte sich, um die kleinen weiß-gelben Blüten von ganz nah zu bestaunen, und sprang gleich wieder auf. Nur weiter, ja nicht stillstehen! „Da!", krähte sie jauchzend und zeigte auf eine Schnecke, die sich in ihr braunes Schneckenhaus vor den Fingerchen der knapp Zweijährigen in Sicherheit brachte. Mathilda liebte Tiere über alles. Rebecca, ihre Mutter, schaute ihrem Schatz liebevoll zu. Wie wissbegierig Mathilda die Welt erkundete, jeden Stein und jedes Blatt genauestens inspizierte und ihre Nase neugierig an jede Blüte hielt!
Deshalb sah sie viel zu spät und auch nur aus dem Augenwinkel, was dann geschah: Bronco, die erst einjährige Dogge des jungen Gemeindereferenten, kam herangeprescht in vollem Tempo

und direkt auf Mathilda zu, die ihren vierbeinigen Freund hinter ihrem Rücken nicht kommen sah. Was Mathilda mehr erschreckte, Broncos kehliges „Wau“ oder seine Pfoten, die von hinten auf ihrem Rücken landeten und das Kind zu Boden drückten, konnte hinterher keiner mehr sagen. Rebecca hörte ihre Tochter erst laut aufschreien, dann herzzerreißend weinen, während Bronco ihr das Gesicht abschleckte. Thomas Rahnstedt, Broncos Herrchen, kam völlig außer Puste angehetzt, zerrte den sich nun wehrenden Bronco von Mathilda weg, während Rebecca das Mädchen in ihre Arme riss. „Schätzchen, alles in Ordnung?“, stammelte sie und fühlte und schaute gleichzeitig, ob sie sich verletzt hatte. Bis auf zwei dicke Grasflecken an den Knien ihrer Strumpfhose schien Mathilda unverletzt. Doch sie weinte und klammerte sich ängstlich an ihre Mama. Rebecca redete beruhigend auf ihre Tochter ein, während Thomas Rahnstedt den Hund anleinte und ihn ausschimpfte. „Du hast sie erschreckt, Junge, nicht immer so wild, sag ich doch dauernd!“ Er entschuldigte sich wortreich bei Rebecca, die beschloss, mit ihrem weinenden Kind nach Hause zu gehen.

Mathildas Tränenflut versiegte nur langsam. Auch ein Schokoladenpudding wirkte nur bedingt. Sie beruhigte sich über den Nachmittag hinweg zwar wieder, reagierte aber auf jedes Geräusch unge-

wohnt schreckhaft. Hoffentlich hatte sie keinen Schock fürs Leben davongetragen, dachte Rebecca, beschloss aber, gleich am nächsten Tag wieder mit ihr in den Park zu gehen.
Ganz geheuer war es ihr am nächsten Tag trotzdem nicht. Auf dem Heimweg trafen sie am Nachmittag dann auf Frau Kluge mit ihrem West Highland Terrier. Rudi war aufgrund seines Gewichtes recht behäbig. Mathilda mochte ihn, nur heute nicht, denn kaum kamen Frau Kluge und der Hund auf sie zu, versteckte sie sich hinter ihrer Mama. Rebecca nahm sie auf den Arm und erklärte der verdutzten Frau Kluge, dass das Kind von dem gerade erst überstandenen Infekt noch angeschlagen war. Dann schlug sie den Weg zum Kirchpark ein.
„Komm, wir schauen mal, ob wir den Bronco sehen“, sagte sie und nahm Mathilda auf den Arm.
Rebecca musste gar nicht lange suchen. Bronco entdeckte sie zuerst und raste in ihre Richtung. Rebecca wurde doch recht flau im Magen, als sie die temperamentvolle Dogge auf sich zustürmen sah. Mathilda drückte sich fester an ihre Mama, dann sah Rebecca, wie Bronco langsamer wurde.
„Bronco, komm her, sofort!“, keuchte Rahnstedt ihm hinterher. Rebecca spürte Mathildas aufgeregt glühende Wange an ihrer. „Bronco, da!“, plapperte sie. Der Hund kam näher, schnüffelte an Rebeccas Beinen und hechelte Mathilda fröhlich an. „Komm,

wir streicheln den Bronco mal“, sagte Rebecca, als sie sah, dass Rahnstedt Bronco von hinten kommend anleinte. Rebecca stellte ihre Tochter auf den Boden, direkt vor sich zwischen ihre Knie. Noch etwas zögerlich fanden Mathildas kleine Hände den Weg in Broncos Fell, dessen aufgeregtes Hecheln seine Begeisterung überdeutlich zeigte. Bald strahlte Mathilda übers ganze Gesicht und wollte auch nicht mehr zwischen Mamas Beinen festhängen. „Komm!“, sagte sie zu Bronco und tapste neben dem Hund her über die Wiese.
„Er wollte sie nicht erschrecken, er hat sich nur so gefreut, sie wiederzusehen“, startete Rahnstedt einen weiteren Erklärungsversuch. Rebecca unterbrach ihn lächelnd und deutete auf Mathilda, die mit Bronco, der noch immer an der Schleppleine hing, über die Wiese lief. „Ich glaube, sie hat den Schreck schon wieder vergessen.“ Rahnstedt nickte. „Zum Glück – Freunde?“, fragte er dann. Rebecca nickte.

Heike Wendler

Die Pudel von Freienwalde

Wir haben Freienwalde mit der Nachmittagspost erreicht und einem jener Cicerones, die den Posthof zu umstehen pflegen, vertraulich mitgeteilt, dass wir noch vor Sonnenuntergang oder doch vor dem Hereinbrechen vollständiger Dunkelheit den Schlossberg zu sehen wünschten, zu Fuß wenn möglich, zu Wagen wenn nötig. Da in den Cicerones von Freienwalde gemeinhin mehrere Ämter kumulieren, mindestens aber die Metiers des Führers und des Fuhrmanns zusammentreffen, so ist die Antwort selbstverständlich und nach einer halben Stunde rollt ein Einspänner vor, der nicht voll bis in die Zeit der Uchtenhagens zurückreicht, aber doch beinah. Der Hintersitz ist leer; auf dem Vordersitz befindet sich der Führer selbst, nunmehr als Kutscher, und knipst mit der Peitsche, um sich in seinem neuen Amte zu beglaubigen. Er trägt einen hellgrauen Flausrock, dazu eine schwarze Tuchmütze, deren Schirm halb über sein Gesicht fällt. Was auf den ersten Blick überrascht, ist, dass er nicht raucht. Aber freilich jene sonderbare Klasse von Personen, der er zugehört und von der jedes Dorf oder jedes Ackerstädtchen wenigstens ein Exemplar aufzuweisen hat, raucht nie. Es sind dies die Träger der Volkspoesie, die Sagenhüter, die

Märchenerzähler des Nordens. Sie sind gut geartet, redselig und schweigsam zugleich, lieben die Scholle, darauf sie geboren, haben einen Anflug von Kränklichkeit und wandern, halb bewundert, und halb belächelt, aber wegen ihrer Verträglichkeit wohlgelitten, wie Fremdlinge zwischen ihrer derberen Umgebung. Obwohl gelegentlich von einer überraschenden Scharfsinnigkeit, haben sie in den gewöhnlichen Fällen des Lebens doch nichts von jener Bauernschlauheit, die sprichwörtlich geworden ist. Das Feld ihres Geistes ist von der Fantasie überwuchert, und so gleichen sie jenem Acker, der zu schwach ist, um ernste und solide Frucht zu tragen, aber dem schönen Unkraut Platz gönnend, desto üppiger in roten und blauen Blumen steht.
So auch unser Führer und Fuhrmann. Über den Platz, den wir einzunehmen haben, sind wir nicht lange in Zweifel. Namentlich überlassen wir den in Riemen hängenden „Fond“ seinem Schicksal und setzen uns auf das Vorderbrett unmittelbar neben den Flausrock, nicht gewillt, eine zweifelhafte Bequemlichkeit auf Kosten besserer Unterhaltung zu erkaufen. Denn es unterhält sich schlecht auf den Rücken anderer Leute los.
Noch einmal ein Peitschenknips, diesmal nicht in die Luft, sondern in die Weichen des Einspänners, und über das Straßenpflaster hin, das noch die alten Traditionen des Ortes wahrt, holpert und rasselt

unser Wagen, dessen Hintersitz die komischsten Sprünge macht, in den Freienwalder Kiez hinein, bis plötzlich das Holpern und Rasseln einem süßen Gefühl der Glätte und jenem leis knirschenden Tone weicht, den jeder kennt, der aus dem Sturm und Drang schlecht gepflasterter Straßen in den stillen Hafen einer Lehm- und Kieschaussee eingemündet ist.
Der Abend ist schön, und Duft und Nebel steigen aus den Wiesengründen auf. Der Wald zur Linken steht, wie es im Liede heißt, „schwarz und schweiget“ und nur vor uns, nach Nordwesten zu, glüht noch der Abendhimmel in wunderbaren Farbenspielen durch die Nebelschleier hindurch. Es ist just die Stunde, um den Schlossberg und die Burg der Uchtenhagen zu besuchen, denn die Landschaft selbst erscheint wie ein weit aufgetanes Tor, um uns rot und golden in das Land der Sage einzuführen.
Es labt uns das Bild und die Frische des Abends, aber endlich haben wir abgeschlossen mit der Landschaft und fühlen ein leises Unbehagen über das Schweigen unseres Führers, an dessen Seite wir doch Platz genommen um bequemerer Unterhaltung willen. Die vordersten Hügelpartien liegen bereits hinter uns, wir müssen bald halben Weges sein, aber er schweigt noch immer. Da der Berg nicht zum Propheten kommt, so bleibt nichts an-

deres übrig als das alte Auskunftsmittel, und blindlings in die allerbequemste Form der Unterhaltung hineintappend beginn ich mit der Frage:
„Sagen Sie, wie denken Sie über die Uchtenhagens?"
Der Angeredete lässt sich Zeit, und zweimal mit der Leine klatschend, um die lange Pause minder auffällig zu machen, antwortet er endlich in absichtlich unbestimmten Ausdrücken:
„Ja, da ist viel."
Und so rollen wir weiter in den stillen Abend hinein, dessen allerstillste Stelle unser Wagen zu werden droht. Ich will aber dies Schweigen unterbrechen, es koste, was es wolle, und so fahre ich denn fort:
„Es soll hier eine große Schlacht gewesen sein. Hier hinter den Bergen. Ich glaube, sie nennen es das ‚rote Land'."
Er nickte mit dem Kopfe.
„Nun sagen Sie mir, ist denn das Land noch immer rot?"
„So rot", antwortete er halb wie im Echo und machte dabei eine Handbewegung, als ob er sagen wollte: „Lieber Herr, sprechen wir davon lieber nicht."
Nichtsdestoweniger hatte diese Frage das Eis gebrochen, ich sah es an seiner veränderten Haltung, und mit der Rechten auf die quadratmeilenweite Umgebung deutend, fuhr ich fort: „Sie müssen sehr reich gewesen sein ... Ich meine die Uchtenhagens."

Er sah unter seinem Mützenschirm zu mir auf, ein halb wehmütiges Lächeln flog über sein Gesicht, und er wiederholte auch jetzt nur meine Worte: „... sehr reich ... sehr!"
Es war ersichtlich, dass er einen Nachsatz machen wollte, ihn aber rücksichtsvoll verschwieg. Ich kam ihm also auf halbem Wege entgegen und ergänzte: „Sehr reich; aber wie?"
Dies Wort schien ihm Gewissheit zu geben, dass ich einer von dem romantischen Geheimbund sein müsse, der nach Art anderer Geheimbünde zwar seine nicht ausgesprochenen, aber nichtsdestoweniger ganz bestimmten Erkennungszeichen hat. Er wusste nun, dass er sprechen dürfe ohne Furcht vor Profanation.
Und er wartete auch keine weitere Frage ab, rückte vielmehr vertraulich näher und sagte: „Wissen Sie denn, was sich die Kiezer hier erzählen? Da war hier in Freienwalde, in der uchtenhagenschen Zeit, ein Böttcher, der wohnte neben dem Kirchhof und hieß Trampe. Das Wasser stand damals bis an die Stadt heran, und zwischen Trampes Haus und dem Wasser lag bloß der Kirchhof. Eines Nachts hörte nun Trampe ein Knurren und Winseln, und er trat ans Fenster, um zu sehen, was es sei. Er sah aber nichts als den Vollmond, der am Himmel stand. Er legte sich also wieder nieder und warf sich eben auf die rechte Seite, da hörte er seinen Namen rufen:

‚Trampe', dreimal. Und dann wurd' es wieder still. Und in der nächsten Nacht ebenso. Trampe meinte nicht anders, als er werde nun sterben müssen, und er ergab sich auch in sein Schicksal und dachte: ‚Wenn es wieder ruft, dann wirst du folgen, es sei, wohin es sei.' Und in der dritten Nacht rief es wieder. Trampe trat nun auf den Kirchhof hinaus, und als er sich umsah, war es ihm, als liefe was wie ein Hund zwischen den Gräbern hin und her. Er konnt' es aber nicht genau sehen, denn das Kirchhofsgras stand sehr hoch. Trampe folgte der Spur, die nach der Wasserseite des Kirchhofs ging, und als er an den Strom kam, sah er einen Kahn, der mit dem Vorderteil im Wasser und mit dem Hinterteil auf dem Trocknen lag. An der äußersten Spitze des Kahns aber stand ein schwarzer Pudel mit zwei Feueraugen und sah Trampen so an, dass dieser dachte, hier ist Einsteigen das Beste. Und kaum, dass er saß, so fuhr der Kahn, als ob er von hundert Händen geschoben würde, wie ein Pfeil in den Fluss hinein und über das Wasser fort."

Hier unterbrach sich der Erzähler einen Augenblick, um mir die Linie zu beschreiben, die der Kahn damals gezogen haben müsse, und fuhr dann fort:

„Keiner steuerte, keiner führte das Ruder, aber der Kahn ging rechts und links, immer wie der Pudel den Kopf drehte; so kamen sie bis an den Schlossberg. Der Kahn lief jetzt auf, beide sprangen ans

Ufer und stiegen bergan. Inzwischen war es dunkel geworden, der Mond war unter; aber ob nun der Hund rückwärts bergan lief oder ob er den Kopf nach hinten zu gedreht hatte, so viel ist gewiss, Trampe sah immer die zwei Feueraugen vor sich, die ihm bis oben hinauf den Weg zeigten. Und als er nun in den Burghof trat, standen da wohl hundert Fässer, alle voll Gold. Das war so blank, dass es im Dunkeln blitzte. Das Schloss selbst aber lag in Nacht, und nur mitunter glühten die Fenster auf und allerlei Gestalten wurden sichtbar, Ritter und Edelfräulein, die kicherten und lachten. Dahinter klang es dann wie Tanzen und leise Musik. Trampe sah und horchte. Aber nicht lange, so trat ein Ritter an ihn heran, legte ihm eine schwere Hand auf die Schulter und fragte, ob er der Böttcher aus Freienwalde sei. Und als Trampe bejaht hatte, befahl er ihm, die Fässer zuzuschlagen: ‚Das dreizehnte Fass ist für dich.' Und nun ging Trampe an die Arbeit und schlug alle Fässer zu. Das dreizehnte aber, das er vorsichtig gleich beiseitegestellt hatte, rollte er den Berg hinunter. Er war nun fertig und wollte wieder gehen. Da fuhr es ihm wie eins durch den Kopf, ob nicht der Ritter jedes dreizehnte Fass gemeint haben könnte, und als er noch so dachte, rollte er auch schon heimlich ein zweites Fass bergab. Als er aber unten ankam, lag nur ein Fass da. ‚Hm', dachte Trampe, ‚wirst es noch mal versuchen', und stieg wieder bergauf und rollte ein drittes Fass hinunter. Und sehen Sie, das war es ja gerade, was sie gewollt hatten, und als er wieder unten war, war alles verschwunden, auch das erste Fass, und nur an der Vorderspitze des Kahns saß wieder der Pudel und sagte: ‚Trampe, du hast verspielt'. Das ärgerte Trampen und er dachte, als sie zurückfuhren: ‚Das soll dir auch nicht wieder passieren'. Ist ihm auch nicht wieder passiert, denn die Uchtenhagens haben ihn nie wieder holen lassen, wenn sie einen brauchten, um ihre Fässer zuzuschlagen."

Theodor Fontane

Auch Hunde haben Humor

Ohne ein paar Hundehaare
ist man nicht richtig angezogen.

Es gibt Tage, da wünscht' ich, ich wär' mein Hund

Es gibt Tage, da wünscht' ich, ich wär' mein Hund
Ich läg' faul auf meinem Kissen und säh' mir mitleidig zu
Wie mich wilde Hektik packt zur Morgenstund'
Und verdrossen von dem Schauspiel, legt' ich mich zurück zur Ruh'
Denn ich hätte zwei Int'ressen
Erstens Schlafen, zweitens Fressen
Und was sonst schöngeistige Dinge angeht
Wäre ausschließlich Verdauung
Der Kern meiner Weltanschauung
Und der Knochen, um den diese Welt sich dreht
Wär' allein meiner Meditationen Grund
Es gibt Tage, da wünscht' ich, ich wär' mein Hund

Es gibt Tage, da wünscht' ich, ich wär' mein Hund
Und ich hätte seine keilförmige Nase, dann erschien'
Mir die Umwelt vor ganz neuem Hintergrund
Und ich ordnete sie ein in ganz and're Kategorien
Die, die aufrecht geh'n, die kriechen
Die, die wohl, die übel riechen
Und den Typen, die mir stinken, könnt' ich dann
Hose oder Rock zerreißen
Und sie in den Hintern beißen

Was ich heut' nur in extremen Fällen kann
Denn ich kenn' meinen zahnärztlichen Befund
Es gibt Tage, da wünscht' ich, ich wär' mein Hund

Es gibt Tage, da wünscht' ich, ich wär' mein Hund
Und dann kümmerte mich kein Besuch, kein Klatsch, keine Affär'n
Redete mir nicht mehr Fusseln an den Mund
Um irgendwelchen Strohköpfen irgendetwas zu erklär'n
Denn anstatt zu diskutieren
Legte ich mich stumm auf ihren Schoß
Und sie kraulten mir zwangsläufig den Bauch
Und sollt's an der Haustür schellen
Würd ich hingeh'n, würde bellen
Froh, dass ich niemanden reinzulassen brauch'
Und ich sagte: „Tut mir leid, aber zur Stund'
Ist der Boss nicht da und ich bin nur der Hund."

Es gibt Tage, da wünscht' ich, ich wär' mein Hund
Denn mir scheint, dass ich als er beträchtliche Vorteile hätt'
Denn ich lebte, wie ich leb', weiter im Grund
Äße zwar unter dem Tisch, doch schlief' ich noch in meinem Bett

Sparte aber ungeheuer
Zahlte nur noch Hundesteuer
Nur in einem bin ich als Mensch besser dran
Darum mag er mich beneiden
Denn ich bin der von uns beiden
Der die Kühlschranktür allein aufmachen kann
Und das sind Momente, die genieße ich
Denn ich weiß, dann wünscht' mein Hund,
er wäre ich

Reinhard Mey

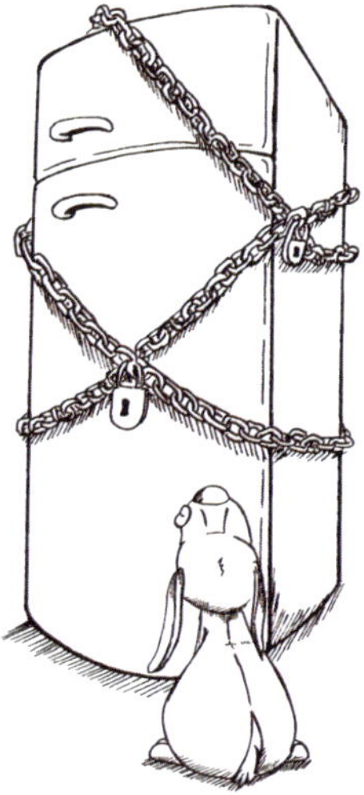

Des Menschen bester Freund

Wir sprachen von Hunden, O. E. Hasse und ich. Jeder Hundefreund – und Besitzer ist angenehm berührt, wenn sein Hund die Gewohnheiten Herrchens teilt. Nach Büroschluss geht Herrchen Gassi, das merkt sich des Menschen bester Freund.
Eines Försters Hund darf Niederwild hetzen und kennt das waidfrohe Lachen seines Herrn, wenn ihm ein Karnickel auskommt. Rentners Möpse watscheln asthmatisch über Trottoir und brauchen Treppen nicht mehr selbst zu erklimmen. O. E. Hasses Hund führte den Schauspieler vormittags und nachmittags an die frische Luft, hielt manchen Autogrammkunden fern, denn er hatte ein Prachtgebiss wie der Boss.
Mit der Abendstunde bezog er sein Plätzchen im Korridor, dieweil Herr Hasse dem Theater zustrebte. Hund und Herr hatten feste Zeiten. Um 18 Uhr Trennung und Abschied: „Sei schön brav und pass gut auf.“ So gingen die Abendstunden dahin.
Wie jeder Schauspieler entwindet sich auch O. E. Hasse Thaliens Schoß nicht abrupt – er braucht eine schöpferische Pause, in der er die eben gespielte Rolle verdrängt. Ein Kostüm ist schnell gewechselt, aber zum Verdrängen braucht man Freunde beim kühlen Bier.

O. E. Hasse verließ gegen 23 Uhr das Theater durch den Bühnenausgang und steuerte das Urquell-Lokal an. Saßen hier Kollegen, so blieb man ein halbes Stündchen und ging gemeinsam zum Franz Diener. Dort schlossen sich sicher ein oder zwei Mimen zum Besuch der Pilsener Diele an.
Diesen Turnus hielt O. E. Hasse allabendlich ein und Schloss gegen 3 Uhr nachts seine Wohnungstür auf. Der Hund zeigte Wiedersehensfreude, und man ging zu Bett. Beide zufrieden, denn die Kreatur hatte den Plan verstanden, bewachte das Haus und freute sich auf 3 Uhr nachts.
Eines Tages brach das System zusammen. Vom Theater kam O. E. Hasse, fand das Urquell-Lokal wegen Renovierung geschlossen, Franz Diener hatte Ruhetag, und der Chef der Pilsener Diele wegen Urlaub dichtgemacht. Betroffen ging O. E. Hasse nach Hause – es war kurz nach 23 Uhr. Er schloss seine Wohnungstür auf und – wurde von seinem eigenen Hund gebissen.

Peter Frankenfeld

Die Hunde

„Wie ausgeartet ist hierzulande unser Geschlecht!", sagte ein gereister Pudel. In dem fernen Weltteile, welches die Menschen Indien nennen, da, da gibt es noch rechte Hunde; Hunde, meine Brüder – ihr werdet es mir nicht glauben, und doch habe ich es mit meinen Augen gesehen –, die auch einen Löwen nicht fürchten und kühn mit ihm anbinden.
„Aber", fragte den Pudel ein gesetzter Jagdhund, „überwinden sie ihn denn auch, den Löwen?"
„Überwinden?", war die Antwort. „Das kann ich nun eben nicht sagen. Gleichwohl, bedenke nur, einen Löwen anzufallen!"
„Oh", fuhr der Jagdhund fort, „wenn sie ihn nicht überwinden, so sind deine gepriesenen Hunde in Indien – besser als wir so viel wie nichts – aber ein gut Teil dümmer."

Gotthold Ephraim Lessing

Die Hunde und Katzen
11. November 1840

Die Hund' und Katzen, die stritten sich
und zankten sich um die Wette,
wer unter ihnen urkundlich
den ältesten Adel hätte.

„Wir haben ein uraltes Diplom,
lang her von undenklichen Tagen,
was Remus mit Romulus einst zu Rom
gab allen Isegrimmsmagen."

„Zeigt uns", erwidern die Katzen, „wohlan!
Zeigt her die alten Briefe!
Was steht denn drin, was hängt denn dran?
Wo sind sie, in welchem Archive?"

Man schickte den Pudel eilig nach Rom
zum Ärger der Katzen und Kater,
der sollte holen das alte Diplom
herbei vom Heiligen Vater.

Der Pudel kommt ganz ungeniert
zum Papst hereingetreten;
und hat den Pantoffel ihm apportiert
und ihn dann höflich gebeten.

Der Pudel empfing aus des Papstes Hand,
was das Hundevolk begehrte;
dann zog er wiederum in sein Land
auf seiner alten Fährte.

Und als er kam an den Po bei Rom,
da schwamm vor ihm ein Braten,
er schnappte danach und verlor sein Diplom,
und musst es auf ewig entraten.

So stand die Sache nun wie zuletzt,
der Streit blieb unentschieden,
und Hund' und Katzen halten bis jetzt
noch immer keinen Frieden.

Die Hunde, die denken noch immer so:
Wir werden sie schon überwinden!
Sie suchen und forschen noch immer am Po –
und können den Adel nicht finden.

Heinrich Hoffmann von Fallersleben

Münchhausens unvergessliche Hunde

In allen diesen Fällen, meine Herren, wo ich freilich immer glücklich, aber doch nur immer mit genauer Not davonkam, half mir das Ohngefähr, welches ich durch Tapferkeit und Gegenwart des Geistes zu meinem Vorteile lenkte. Alles zusammengenommen macht, wie jedermann weiß, den glücklichen Jäger, Seemann und Soldaten aus. Der aber würde ein sehr unvorsichtiger, tadelnswerter Weidmann, Admiral und General sein, der sich überall nur auf das Ohngefähr oder sein Gestirn verlassen wollte, ohne sich weder um die besonders erforderlichen Kunstfertigkeiten zu bekümmern noch sich mit denjenigen Werkzeugen zu versehen, die den guten Erfolg sichern. Ein solcher Tadel trifft mich keineswegs; denn ich bin immer berühmt gewesen, sowohl wegen der Vortrefflichkeit meiner Pferde, Hunde und Gewehre als auch wegen der besondern Art, das alles zu handhaben, sodass ich mich wohl rühmen kann, in Forst, Wiese und Feld meines Namens Gedächtnis hinlänglich gestiftet zu haben.

Ich will mich nun zwar nicht auf Partikularitäten von meinen Pferde- und Hundeställen oder meiner Gewehrkammer einlassen, wie Stall-, Jagd- und Hundejunker sonst wohl zu tun pflegen, aber zwei von meinen Hunden zeichneten sich so sehr in meinen Diensten aus, dass ich sie nie vergessen kann und ihrer bei dieser Gelegenheit mit wenigem erwähnen muss. Der eine war ein Hühnerhund, so unermüdet, so aufmerksam, so vorsichtig, dass jeder, der ihn sah, mich darum beneidete. Tag und Nacht konnte ich ihn gebrauchen: Wurd es Nacht, so hing ich ihm eine Laterne an den Schwanz, und nun jagte ich so gut oder noch besser mit ihm als am hellen Tage.

Einst (es war kurz nach meiner Verheiratung) bezeugte meine Frau Lust, auf die Jagd zu gehen. Ich ritt voran, um etwas aufzusuchen, und es dauerte nicht lange, so stand mein Hund vor einer Kette von einigen Hundert Hühnern. Ich warte und warte immer auf meine Frau, die mit meinem Leutnant und einem Reitknechte gleich nach mir weggeritten war; niemand aber war zu sehen und zu hören. Endlich werde ich unruhig, kehre um, und ungefähr auf der Hälfte des Weges höre ich ein äußerst klägliches Winseln. Es schien mir ziemlich nahe zu sein, und doch war weit und breit keine lebendige Seele zu erblicken. Ich stieg ab, legte mein Ohr auf den Boden, und nun hörte ich nicht nur, dass dies Jammern unter der Erde war, sondern erkannte auch ganz deutlich die Stimme meiner Frau, meines Leutnants und meines Reitknechts. Zugleich sehe ich auch, dass nicht weit von mir die Öffnung einer Steinkohlengrube war, und es blieb mir nun leider kein Zweifel mehr, dass mein armes Weib und ihre Begleiter da hineingestürzt waren.

Ich eilte in voller Karriere nach dem nächsten Dorfe, um die Grubenleute zu holen, die endlich nach langer, höchst mühseliger Arbeit die Verunglückten aus einem neunzig Klafter tiefen Schacht zutage förderten. Erst brachten sie den Reitknecht, dann sein Pferd, dann den Leutnant, dann sein Pferd, dann meine Frau und zuletzt ihren türkischen Klepper. Das Wunderbarste bei der ganzen Sache war, dass Menschen und Pferde bei diesem ungeheuren Sturze, einige kleine Quetschungen abgerechnet, fast gar nicht beschädigt waren; desto mehr aber hatten sie durch die unaussprechliche Angst gelitten. An eine Jagd war nun, wie Sie sich leicht vorstellen können, nicht mehr zu denken; und da Sie, wie ich fast vermute, meinen Hund während dieser Erzählung vergessen haben, so werden Sie mir es nicht übel nehmen, dass auch ich nicht mehr an ihn dachte.

Mein Dienst nötigte mich, gleich den andern Morgen eine Reise anzutreten, von der ich erst nach vierzehn Tagen zurückkam. Ich war kaum einige Stunden wieder zu Hause, als ich meine Diane vermisste. Niemand hatte sich um sie bekümmert; meine Leute hatten sämtlich geglaubt, sie wäre mit mir gelaufen, und nun war sie zu meinem großen

Leidwesen nirgends zu finden. Endlich kam mir der Gedanke: Sollte der Hund wohl gar noch bei den Hühnern sein? Hoffnung und Furcht jagten mich augenblicklich nach der Gegend hin, und siehe da, zu meiner unsäglichen Freude stand mein Hund noch auf derselben Stelle, wo ich ihn vor vierzehn Tagen verlassen hatte. „Piel!", rief ich, und sogleich sprang er ein, und ich bekam auf einen Schuss fünfundzwanzig Hühner. Kaum aber konnte das arme Tier noch zu mir ankriechen, so ausgehungert und abgemattet war es. Um ihn mit mir nach Hause bringen zu können, musste ich ihn auf mein Pferd nehmen, und Sie können leicht denken, dass ich mich mit der größten Freude dieser Unbequemlichkeit unterzog. Nach einer guten Pflege von wenigen Tagen war er wieder so frisch und munter als zuvor, und einige Wochen darauf machte er mir es möglich, ein Rätsel aufzulösen, was mir ohne ihn wahrscheinlich ewig ungelöst hätte bleiben müssen.

Ich jagte nämlich zwei ganze Tage hinter einem Hasen her. Mein Hund brachte ihn immer wieder herum, aber nie konnte ich zum Schusse kommen. An Hexerei zu glauben, ist meine Sache nie gewesen, dazu habe ich zu außerordentliche Dinge erlebt; allein hier war ich doch mit meinen fünf Sinnen am Ende. Endlich kam mir aber doch der Hase so nahe, dass ich ihn mit meinem Gewehr erreichen konnte. Er stürzte nieder, und was meinen Sie, was ich nun fand? – Vier Läufe hatte mein Hase unter dem Leibe und viere auf dem Rücken. Waren die zwei untern Paar müde, so warf er sich wie ein geschickter Schwimmer, der auf Bauch und Rücken schwimmen kann, herum, und nun ging es mit den beiden neuen wieder mit verstärkter Geschwindigkeit fort. Nie habe ich nachher einen Hasen von der Art gefunden und auch diesen würde ich nicht bekommen haben, wenn mein Hund nicht so ungemeine Vollkommenheiten gehabt hätte.

Dieser aber übertraf sein ganzes Geschlecht so sehr, dass ich keine Bedenken tragen würde, ihm den Beinamen des Einzigen beizulegen, wenn nicht ein Windspiel, das ich hatte, ihm diese Ehre streitig machte. Das Tierchen war minder wegen seiner Gestalt als wegen seiner außerordentlichen Schnelligkeit merkwürdig. Hätten die Herren es gesehen, so würden sie es gewiss bewundert und sich gar nicht verwundert haben, dass ich es so lieb hatte und so oft mit ihm jagte. Es lief so schnell, so oft und so lange in meinem Dienste, dass es sich die Beine ganz bis dicht unterm Leibe weglief und ich es in seiner letzten Lebenszeit nur noch als Dachssucher gebrauchen konnte, in welcher Qualität es mir denn ebenfalls noch manch liebes Jahr diente.

Gottfried August Bürger

Der kleine Hund an der Ecke

Da stehst du wie ein kleines Gummischweinchen
und gehst auf deinen dicken Batterbeinchen
recht zittrig um den großen Mann herum.
Mama war Ziehhund. Doch du seist von Rasse,
sagt jener (er ist schlecht bei Kasse) –
du bist so klein ... man gab dir so viel Rum ...
Und manchmal nimmt er dich an sein Jackett.
Nachts liegst du ganz bescheiden unterm Bett.

Du kommst, wenn's gut geht, zu der feinen Dame,
die so schön riecht; Frau Mimi ist ihr Name.
Sie liebkost dich – besonders süß vor Herrn.
Und du hörst alles, was sich da vollziehn wird
und wie zum Hahn auf einmal ganz Berlin wird,
denn ganz Berlin hat deine Herrin gern.
Wie sie auch haucht, verlöschend, im Falsett ...
Du liegst bescheiden unter ihrem Bett.

Und du hörst abends, wenn Madame zur Ruh geht,
von ihren Herrn, wie es im Leben zugeht –:
wie man dem Regisseur ein Ding gedreht.
Du hörst von düstern Polizeimysterien,
von allem Klatsch aus allen Ministerien
und wer zu Haniel konferieren geht.
Da staunste, Kleener? Siehste, so flutscht det ...!
Und du liegst ganz bescheiden unterm Bett.

Merk's dir genau! Spitz deine kleinen Ohren!
Sonst geht dir noch der letzte Tipp verloren –
hoch auf dem Nachttisch raschelt ein Papier ...
Der Reichstag und die Presse? Liebes Kleinchen,
guck sie verächtlich an und heb ein Beinchen!
Das wahre Leben hast du nur bei ihr.
Fassaden sind nur Falle und nie wichtig.
Mit einer klugen Frau spricht jeder richtig.
Du hörst im Dunkel leis die beiden Stimmen ...
Du witterst, dass da Zigaretten glimmen ...
Da, da lügt keiner. Da ist jeder ganz honett.
Das Ding an sich: Du hörst es.
Unterm Bett.

Kurt Tucholsky

Texte

Bilder